VENTE

Des Lundi 1ᵉʳ et Mardi 2 Décembre 1913

HOTEL DROUOT, SALLE Nº 1

A DEUX HEURES

Important Mobilier

DE STYLES GOTHIQUE ET RENAISSANCE

OBJETS D'ART

Bronzes et Fers forgés

STATUETTES ET GROUPES, PENDULES, APPAREILS D'ÉCLAIRAGE

Sculptures, Objets de vitrine

OBJETS ANCIENS ET MODERNES DE LA CHINE ET DU JAPON

Tapisseries, Tapis d'Orient, Étoffes

COMMISSAIRE-PRISEUR

Mᵉ HENRI BAUDOIN
Successeur de M. PAUL CHEVALLIER

EXPERTS

M. GEORGES GUILLAUME
M. JOSEPH LOGÉ

CATALOGUE

D'UN

IMPORTANT MOBILIER

En Majeure partie de Styles Gothique et Renaissance

SALLE A MANGER SCULPTÉE, PAR TERRAL

Et ornée de Bronzes de Barbedienne

CHAMBRE A COUCHER, MOBILIER DE SALON

Piano à queue de PLEYEL.. Coffre-fort de FICHET

ARMOIRES, VITRINES, CRÉDENCES, CONSOLES
TABLES ET SUPPORTS, CHEMINÉES MONUMENTALES, PARAVENTS, RÉGULATEUR
STALLES ET SIÈGES DIVERS

OBJETS D'ART

Porcelaines, Faïences, Céramique

BRONZE ET FER FORGÉ, CUIVRE, ÉTAIN, MÉTAL

STATUETTES ET GROUPES

Par Barye, Carpeaux, Frémiet, Saint-Marceaux, etc.

Pendules, Lustres et Appareils d'éclairage variés

TABLEAUX, SCULPTURES, MARBRE, IVOIRE, BOIS, TERRE CUITE

Objets de vitrine, Verres artistiques, Vitraux

OBJETS ANCIENS ET MODERNES DE LA CHINE ET DU JAPON

Tapisseries, Tapis d'Orient, Tentures, Étoffes brodées et autres

DONT LA VENTE AUX ENCHÈRES PUBLIQUES

PAR SUITE DU DÉPART DE MADAME X...

AURA LIEU

HOTEL DROUOT, SALLE N° 1

LES LUNDI 1er ET MARDI 2 DÉCEMBRE 1913

A deux heures

COMMISSAIRE-PRISEUR

Mᵉ HENRI BAUDOIN, *Successeur de M. PAUL CHEVALLIER*

10, rue de la Grange-Batelière

EXPERTS

Pour les Meubles et Objets d'art :	*Pour les Objets d'Extrême-Orient :*
M. GEORGES GUILLAUME	**M. JOSEPH LOGÉ**
13, rue d'Aumale	57, rue Saint-Lazare

EXPOSITION PUBLIQUE

Le Dimanche 30 Novembre 1913, de 2 heures à 6 heures

CONDITIONS DE LA VENTE

Elle sera faite au comptant.

Les adjudicataires paieront *dix pour cent* en sus des enchères.

Paris. — Imp. de l'Art, Ch. Berger, 41, rue de la Victoire.

DÉSIGNATION

1° Objets d'Extrême=Orient

PORCELAINES

1 — Vase en porcelaine du Japon, simulant des tiges de bambous.

2 — Petit brûle-parfums en porcelaine ajourée, à décor polychrome ; monture en bronze.

3 — Chimère en porcelaine de Kutani, surmontée d'un personnage.

4 — Paire de petites bouteilles, décor de fleurs. Porcelaine de Kutani.

5 — Coupe avec couvercle en porcelaine du Japon ; monture en bronze doré.

6 — Trois petits vases en ancienne porcelaine de Chine.

7 — Petit brûle-parfums en porcelaine de Satzuma, à décor de personnages.

8 — Plat en ancienne porcelaine de Kutani du Japon.

9 — Douze tasses avec soucoupes en porcelaine de Bishiu, décorées d'oiseaux et de fleurs.

10 — Paire de petits vases en pierre de lard.

11 — Paire de grands vases en porcelaine de Satzuma, à décor de fleurs et d'oiseaux, montés en bronze doré.

12 — Paire de grands vases-cornets en ancienne porcelaine Imari du Japon ; monture en bronze doré.

13 — Paire de grands vases, forme rouleau, en ancienne porcelaine de Chine, à fond bleu poudré rehaussé de dessins dorés ; monture en bronze ciselé, exécutée par la *Maison L'Escalier de cristal*.

14 — Paire de petites potiches en ancienne porcelaine d'Imari, montées en lampe à huile.

BRONZES, ÉMAUX CLOISONNÉS

15 — Deux lampes de mosquées, dont une décorée
d'émaux en relief.

15 *bis* — Bouclier, casque et brassard en fer gravé
d'animaux et personnage.

16 — Jardinière en cristal ; monture en bronze de
style japonais exécutée par la *Maison L'Escalier
de Cristal.*

17 — Vase en émail translucide du Japon, à fond
de fleurettes jaunes.

18 — Paire de vases cloisonnés du Japon, à décor
de fleurs et d'oiseaux, et vase de même genre.

19 — Deux oiseaux en bronze du Japon, formant
petite suspension, et chauve-souris en bois
sculpté.

20 — Paire de brûle-parfums en bronze du Japon, à
relief de fleurs et d'oiseaux,

21 — Paire de vases de même genre.

22 — Brûle-parfums en bronze, avec couvercle surmonté d'un personnage.

23 — Deux éléphants en bronze.

24 — Paire de chimères anciennes en bronze chinois.

25 — Petit chariot cambodgien en bronze patiné, attelé de deux chevaux.

26 — Plat en cloisonné du Japon : fleurs et oiseaux.

27 — Ibis en cloisonné de Chine formant brûle-parfums.

28 — Ibis en bronze du Japon, sur socle de même matière.

29 — Cache-pot en cuivre rouge. Travail arabe, martelé et ciselé.

IVOIRES, NETZUKÉS

30 — Grand coffret ancien en ivoire japonais. Extérieur simulant la vannerie, avec panneau supérieur orné de nombreuses cailles dans du maïs très profondément et finement sculpté. Intérieur en laque aventurine.

31 — Personnage monté sur une chimère. Ancien netzuké du Japon.

32 — Étui à pipe en corne de cerf, orné d'un personnage.

33 — Un lot de dix-sept netzukés anciens en ivoire et en bois.

34 — Petits personnages, l'un en ivoire, l'autre en cire.

35 — Ivoire indien : Éléphant caparaçonné, monté par trois personnages, abrité sous un dais.

36 — Ivoire sculpté ancien japonais : Squelette dansant, tandis qu'une jeune femme joue du shamisen.

37 — Ivoire ancien du Japon : Femme portant un enfant sur son dos.

38 — Ivoire ancien du Japon : Personnage monté sur un buffle.

39 — Plaquette en ivoire chinois, ornée de figures.

40 — Coupe-papier en ivoire japonais, orné de personnages.

BOIS SCULPTÉS, BOIS INCRUSTÉS
OBJETS DE VITRINE
OBJETS DIVERS, ARMES

41 — Dague espagnole de la fabrique de Tolède.

42 — Poire à poudre en bronze, ornée de plaquettes de métal.

43 — Deux longs fusils; l'un incrusté d'ivoire, l'autre de nacre.

44 — Deux sabres, de forme courbe, ciselés.

45 — Deux poignards simulant des éventails fermés. Travail japonais.

46 — Lot de quatre instruments de musique du Japon.

47 — Un lot de onze petits masques divers.

48 — Grand masque en bois sculpté japonais.

49 — Deux autres, l'un représentant la tête du chien de Fô et l'autre celle d'un génie malfaisant.

50 — Bouddha sur le lotus stylisé en bois sculpté et doré, accompagné de deux assistants.

51 — Groupe de deux singes en pierre de lard.

52 — Singe en bois sculpté et doré.

53 — Singe déguisé en acteur.

54 — Deux panneaux en bois sculpté du Japon, orné de personnages et de chimères.

55 — Boîte carrée en cristal de roche.

56 — Petite jonque chinoise en corne.

57 — Chapeau en laque noir, décor de dragons et deux plaques sonores.

MEUBLES, ÉTOFFES

58 — Deux socles hauts en bois noir sculpté. Style japonais.

59 — Petit meuble-bureau en bois noir, orné de dessins de laque.

60 — Écran en bois noir sculpté, style japonais, disque en verre enchâssé dans la monture, gravé de dessins de fleurs, de coqs.

61 — Table à thé en bois noir, style japonais, orné de figurines en ivoire.

62 — Deux panneaux en soie du Japon, ornés de broderie de fleurs et d'oiseaux.

63 — Trois panneaux persans sur peluche, ornés de motifs brodés et appliqués.

64 — Grand panneau en velours épinglé du Japon, représentant une marine.

65 — Panneau indien, orné de broderies fines, animaux et décors divers.

66 — Ex-voto en satin brodé, orné de divers motifs.

67 — Quatre lambrequins chinois brodés sur crêpe de soie, ornés de fleurs et d'oiseaux et bordés de franges.

68 — Paire de panneaux du Japon fond jaune d'or, à décor de fleurs et d'oiseaux brodés.

69 — Un autre panneau de même genre.

70 — Jupe chinoise en broderie ancienne, décorée de motifs divers.

71 — Lambrequin couleur paille, orné de fleurs brodés.

72 — Lambrequin fond jaune impérial, orné de broderies de fleurs.

73 — Jupe chinoise, ornée de nombreux motifs brodés.

74 — Quatre kakémonos peints sur soie.

2° Objets européens

PORCELAINES, FAIENCES

CÉRAMIQUE

75 — Service en porcelaine de Paris, à réserve de paysages sur fond grenat à dorures, comprenant : dix tasses, douze soucoupes, une chocolatière, une cafetière, un pot à lait, un sucrier et un bol à punch. Époque Restauration.

76 — Tasse et sa soucoupe en porcelaine de Paris, à fond jaune et décors de fleurs.

77 — Tasse et sa soucoupe en porcelaine blanche de Sèvres, à décors de rameaux fleuris.

78 — Vase en porcelaine de Sèvres bleue ; monture en bronze ciselé et doré, de la *Maison L'Escalier de Cristal*. Style Louis XVI.

79 — Grand cache-pot en porcelaine de Sèvres bleue et blanche, à dorures.

80 — Coupe en porcelaine de Sèvres bleue, à dorures.

81 — Coupe ronde ajourée, en porcelaine décorée, genre Sèvres ; pied en argent doré.

82 — Bonbonnière ronde en porcelaine gros bleu à dorures, décorée d'oiseaux au couvercle.

83 — Service de table en porcelaine blanche à filets dorés, comprenant environ cent soixante pièces.

84 — Petite coupe en porcelaine, avec émaux translucides incrustés, à décors de bluets. Elle porte le monogramme de *Nodo*.

85 — Coq en porcelaine décorée.

86 — Figurine de marchande en ancienne porcelaine de l'Est.

87 — Figurine de femme en porcelaine de Saxe.

88 — Deux pichets en porcelaine anglaise, à décors violets en relief.

89 — Grand plat en faïence de Nevers, décoré d'un Char de Neptune.

90 — Grand plat en faïence de Blois, à sujet tiré de l'Histoire Sainte.

91 — Plat en faïence de Blois, à bords ajourés et fleurdelysés, orné d'une sarigue.

92 — Plat en ancienne faïence de Moustiers, à décors bleus, d'après Bérain.

93 — Assiette et biberon en ancienne faïence de Moustiers, à décors jaunes.

94 — Petit encrier en faïence de Rouen.

95 — Deux assiettes en faïence de Strasbourg, à fleurs.

96 — Plat et gargoulette en faïence italienne, à décors rayonnants.

97 — Hanap en faïence à décors révolutionnaires.

98 — Pichet, forme personnage, en faïence polychrome.

99 — Paire de jardinières de suspension, forme gargoulette, en faïence, à décors bleus.

100 — Lot de faïences variées : plats et assiettes. (Sera divisé.)

101 — Six canards-porte-fleurs en céramique de Lachenal.

102 — Appareil d'éclairage, forme hibou, en grès émaillé, par Guérin. *Édition Muller*.

103 — Bonbonnière, forme crabe, en grès. Signée : *Lemarquier*.

104 — Statuette équestre en grès émaillé

105 — Vase en grès flammé, à fleurs.

OBJETS DE VITRINE

OBJETS VARIÉS

VERRES ARTISTIQUES, VITRAUX

106 — Petite montre Louis XVI en or et marcassite ; cadran de *L'Épine*.

107 — Lot de petits coqs de montres en cuivre.

108 — Boucles d'oreilles en filigrane d'argent doré, forme paniers fleuris, et leur support. Travail provençal.

109 — Breloque-pendentif en émail, présentant une figure de Saint-Georges.

110 — Broche Saint-Esprit en argent et cailloux du Rhin.

111 — Deux pendants d'oreilles en argent doré et cailloux du Rhin.

112 — Décoration du Christ de Portugal, dans un cadre ovale, orné de cailloux du Rhin.

113 — Boucle de ceinture en cuivre ciselé et ajouré.

114 — Peigne en corne avec opales enchâssées ; art nouveau.

115 — Deux petits chars en argent ciselé, l'un attelé de chevaux, l'autre traîné par un cerf.

116 — Petite calèche en filigrane d'argent doré.

117 — Quatre petites clochettes en argent.

118 — Deux petites fontaines en métal argenté, reproduction de celles de Berne.

119 — Carafe à vin en cristal gravé ; monture en argent.

120 — Deux autres, à monture d'argent ciselé à fleurs et rocailles, de style Louis XV.

121 — Douze cuillers à glace en vermeil, dans leur écrin.

122 — Plaquette en métal argenté, présentant en bas-relief le profil de Jeanne d'Arc ; elle porte la signature de *E. Dropsy*.

123 — Plaquette rectangulaire en cuivre repoussé, présentant un amour parmi des rinceaux et des pampres ; elle est signée de *Thomire* et datée *1827*.

124 — Autre du même genre, en bronze patiné, à sujet de Triton.

125 — Plaquette rectangulaire en émail de Limoges : Ecce homo.

126 — Plaquette ovale en porcelaine peinte, présentant une femme en costume du Moyen-âge ;
cadre en peluche.

127-128 — Lot de plaquettes, médailles et pièces en
bronze patiné ou doré. (Sera divisé.)

129 — Ours en bronze, formant presse-papier.

130 — Miniature ovale, présentant une femme coif-
fée d'un bonnet blanc.

131 — Éventail, à monture de nacre partiellement
doré; feuille à colonnades et personnages sur
fond de soie noire. Signée : *Labarre*.

132 — Coffret en marqueterie de paille à fleurs, renfermant un petit jeu d'échecs, avec ses pièces
en ivoire.

133 — Petite boîte, forme livre, en carton décoré;
dessus et intérieur ornés de gravures de modes.
Époque 1830.

134 — Boîte minuscule de peintre, renfermant pa-
lette, couteau et étuis à couleurs.

135 — Paire de pistolets minuscules, dans leur
écrin, avec pulvérin en ivoire, petites balles et
accessoires divers.

136 — Petit revolver en ivoire et acier gravé, de
Gastinne-Renette, dans son écrin.

137 — Autre de même genre à crosse de nacre, avec petites munitions de *Gévelot*.

138 — Petit modèle de mandoline en écaille, incrustée de nacre.

139 — Petite coupe circulaire en émail à décors de pavots. Signée : *P. Bonnaud, Limoges;* dans son écrin.

140 — Deux porte-fleurs en émail, à décors de roseaux et insectes. Signés : *P. Bonnaud, Limoges*.

141 — Bonbonnière en cuivre martelé, munie d'une anse en fer forgé.

142 — Petit vase ovoïde en verre artistique de *Daum*; support en fer forgé.

143 — Deux bouteilles, même matière, à enroulement de feuillage.

144 — Gobelet à pied en ancien verre de Venise.

145 — Bouteille et porte-fleurs en ancien verre de Venise.

146 — Vase en verre de Venise, à pied-chimère.

147 — Porte-bouquet, forme quadrupède, en verre de Venise.

148 — Deux vases, de style arabe, en verre émaillé, signés : *S. P. Imberton (1886)*.

149 — Deux coupes aplaties en cristal taillé, munies d'anses-chimères en bronze ciselé et doré. Travail vénitien ; monture de la *Maison L'Escalier de Cristal*.

150 — Quatre vitraux modernes, décorés au centre de figures allégoriques en médaillons relatives aux Arts, par BARDOU, d'après PAUL JOSEPH BLANC.

151 — Deux autres, présentant des personnages du Moyen-âge, par BARDOU, d'après LUC-OLIVIER MERSON.

152 — Trois autres à sujets d'hommes d'armes.

153 — Deux autres à sujet de bouffons.

154-155 — Lot de vitraux modernes, de décors variés. (Sera divisé.)

Deux Tableaux, par Charpin

SCULPTURES

MARBRE, IVOIRE, BOIS, TERRE CUITE

156-157 — CHARPIN. *Vaches à l'abreuvoir.* — *Moutons au crépuscule.*

> Deux toiles signées.

158 — Buste de Christ en marbre blanc, portant le monogramme : *A. de F.*

159 — Statuette de Vierge en ivoire sculpté, xviiie siècle ; support-cadre d'applique en bois sculpté et doré, surmonté de têtes d'anges et foncé de velours rouge.

160 — Statuette de femme en terre cuite, d'après CANOVA.

161 — Niche-reliquaire en noyer sculpté, ouvrant à deux portes et renfermant une sainte icone.

162 — Bénitier en bois sculpté et doré, à têtes d'anges dans du feuillage ; fronton à couronne. Travail italien du xviiie siècle.

163 — Ancien motif de décoration en bois sculpté et doré : Saint Esprit.

164 — Grande chauve-souris en bois sculpté.

165 — Deux grands boucliers en bois sculpté polychrome, présentant en bas-relief un aigle et un griffon.

166 — Petit baromètre en bois sculpté et doré, à rocailles. Style Louis XV.

167 — Petit thermomètre. Même travail et style.

168 — Glace en bois sculpté, à cadre mouluré, enroulé de rameaux de feuillage, fronton à rocailles et fleurs. Époque Louis XV. (*Redorée.*)

BRONZE, CUIVRE, ÉTAIN, FER

STATUETTES ET GROUPES

PENDULES, APPAREILS D'ÉCLAIRAGE, ETC.

169 — Le Porte-Fanion, grand bronze, par *Frémiet*. Haut., 1 m. 25 cent. Socle rectangulaire en chêne.

170 — Saint Michel, bronze doré, par *Frémiet*. — Haut., 57 cent.

171 — Arlequin, bronze, par *Saint-Marceaux*. *Édition Barbedienne*. — Haut., 80 cent.

172 — La Levrette au lièvre, bronze patiné. Signé : *Barye*. — Haut., 21 cent.

173 — Le Génie de la Danse, bronze, par *Carpeaux*. — Haut., 80 cent.

174 — Le Coquillage, bronze, par *Carpeaux*. — Haut., 48 cent.

175 — Le Secret, bronze patiné, par *Fix-Masseau*. *Édition Siot-Décauville*. — Haut., 30 cent.

176 — L'Orchidée, bronze, par *Châlon*. Socle en onyx. — Haut., 65 cent.

177 — Moïse ; le Penseur, deux bronzes, d'après *Michel-Ange*. — Haut., 36 cent.

178 — Casque en bronze ciselé, présentant au sommet une cariatide de femme surmontée d'une chimère.

179 — Garniture de cheminée en bronze ciselé et doré, comprenant une pendule, en forme de cassolette, soutenue par des cariatides d'amours enguirlandés et des candélabres de même modèle à cinq lumières. Style Louis XVI.

180 — Horloge d'applique Louis XV et son socle en bois revêtu d'écaille et orné de bronze ciselé et doré.

181 — Porte-cierge en bronze patiné, présentant un enfant sur un triton.

182 — Paire de flambeaux en bronze patiné, à pieds-griffes. Époque Restauration.

183 — Flambeau Louis XIV en cuivre.

184 — Deux autres en cuivre argenté, à perles. xviiie siécle.

185 — Chandelier et éteignoir en cuivre repoussé.

186 — Applique en fer forgé, à cinq lumières ; préparée pour l'électricité.

187 — Lampe électrique, forme crapaud, en verre artistique ; monture en bronze patiné, à nénuphars.

188 — Lampe à réservoir en cuivre repoussé.

189 — Lampadaire en fer forgé et ciselé, à trois lumières, portant la signature *Berg*, et préparé pour l'électricité. Style gothique.

190 — Lanterne en fer forgé, avec ornements en cuivre martelé et doré; préparée pour l'électricité. *Maison Raingo.*

191 — Suspension en cuivre ciselé et ajouré, préparé pour l'électricité, et deux appliques assorties.

192 — Lustre et deux appliques en verre de Venise ;
préparés pour l'électricité.

193 — Deux grands lustres en bronze, formés de
couronnes superposées avec tulipes renversées ;
préparés pour l'électricité. *Maison Raingo.*

194 — Lustre en bronze ciselé et doré, présentant
une mappemonde en cristal, entourée d'enfants-
porte-lumières ; préparé pour l'électricité. *Maison
Raingo.*

195 — Lustre en bronze ciselé et doré, modèle au
carquois, avec bras de lumières à têtes d'aigles.
Styles Louis XVI.

196 — Deux appliques, à trois lumières, assorties
au lustre.

197 — Lustre à branchages et rocailles en bronze
ciselé, orné de chimères patinées, avec globe
central. Style Louis XV. Préparé pour l'électricité. *Maison Colin.*

198 — Deux appliques assorties, à cinq lumières.

199 — Lustre en fer forgé, repoussé et poli, formant
cage, avec veilleuse au centre et muni de six
bras de lumières. Style gothique. Préparé pour
le gaz.

200 — Galerie de foyer formée de trois pièces, en
bronze poli et doré. Style Louis XV.

201 — Deux grands landiers à têtes de chimères en fer forgé et ciselé, avec traverse, ainsi que pelle et pincettes. Style Renaissance.

202 — Grande monture d'écran également en fer forgé, à décor de serpents, volutes, et posant sur pieds-griffes.

203 — Bougeoir en étain, de *Fix-Masseau* : l'Orchidée.

204 — Sucrier en étain, du *même* : l'Iris.

205 — Vase couvert en étain gravé, surmonté d'un guerrier.

206 — Chope en étain, à salamandre et fleurs de lys.

207 — Grand broc en étain, aux armes de la ville de Berne.

208 — Service à liqueurs en étain, comprenant une verseuse et six gobelets.

209 — Deux plateaux en étain, présentant, l'un des motifs à rocaille, l'autre un mascaron.

210 — Fontaine en étain, en forme de boule ailée, surmontée d'une figurine, avec sa cuvette.

211 — Fontaine en cuivre, comprenant : un réservoir, une cuvette et un porte-savon, le tout supporté par une tige en fer forgé et poli à feuillage.

212 — Petite jardinière rectangulaire en cristal, forme meuble ; monture en bronze doré. Style Louis XVI.

213 — Grande verseuse couverte, munie d'une anse, en cuivre repoussé.

214 — Deux porte-bouquets en cuivre martelé, sur bases en fer forgé.

215 — Autre, à support-chevalet.

216 — Deux grands plats et un petit en cuivre repoussé.

217 — Porte-chapeaux en fer forgé à deux branches.

MEUBLES ET SIÈGES

218 — Important mobilier de salle à manger en noyer finement sculpté, par *Terral;* il comprend une grande table rectangulaire à cinq allonges, quatorze chaises blasonnées à mufles de lion et barreaux, couvertes de tapisserie d'Aubusson à volatiles (*fabrication de Braquenié*), six tabourets de pieds assortis et un grand buffet; celui-ci est orné de nombreux bas-reliefs ou statuettes en bronze, de *Barbedienne*, tels que : le Mercure, de *Jean de Bologne*, le Jour et la Nuit, d'après *Michel-Ange*, six reproductions des portes du baptistère de Florence, relatives à l'Ancien et au Nouveau Testament, mascarons, cariatides, etc. Style Renaissance.

219 — Chambre à coucher en chêne sculpté, de style Henri II, comprenant : un lit à baldaquin et colonnes cannelées, avec sa garniture de damas rouge, une table de nuit à galerie, un bahut à deux corps, fermant par deux portes et un tiroir, une enveloppe de cheminée surmontée d'une glace et une table rectangulaire à traverse d'entrejambes.

220 — Mobilier de salon en bois sculpté et doré à coquilles et feuillage, de style Régence. Il

comprend : une grande bergère, une bergère basse, deux fauteuils, deux chaises et quatre chaises légères. Une partie du salon est couverte de velours de Gênes décoré de fleurs et rocailles ; l'autre partie est garnie de soie brochée à semis de fleurs sur fond chaudron.

221 — Deux tabourets de pianos assortis.

222 — Deux grandes armoires en chêne sculpté, à frontons ajourés et ornées de ferrures ; l'une forme stalle avec coffre, l'autre bibliothèque, avec tablette à lire et tiroirs intérieurs dans le bas ; les accotoirs sont ornés de figures et les soubassements de chimères. Style gothique. (La bibliothèque peut s'augmenter d'un second corps démontable.)

223 — Petite armoire d'applique en chêne sculpté, à serviettes, ouvrant à une porte, par une serrure placée au-dessus. Style gothique.

224 — Petit cabinet italien en bois noir incrusté d'ivoire, présentant des décors à rinceaux et lambrequins ; il ferme à une porte et est muni intérieurement de nombreux tiroirs ; base à pieds cannelés réunis par un croisillon.

225 — Table à ouvrage assortie, munie d'un tiroir dans l'abattant foncé de glace.

226 — Vitrine en hauteur, en bois sculpté et doré, fermant à une porte, couverte d'un marbre rouge et ornée de guirlandes et rubans. Style Louis XVI.

227 — Petite vitrine haute, à une porte, en noyer sculpté, ornée au fronton d'un vase entouré de rinceaux de feuillage.

228 — Petit coffre-fort, forme chiffonnier, revêtu d'acier peint et couvert d'un marbre. *Maison Fichet.*

229 — Poudreuse en marqueterie de bois de rose à damiers, ornée de bronzes ciselés et posant sur pieds cintrés. En partie d'époque Louis XV. (*Marqueterie refaite; bronzes rapportés.*)

230 — Crédence en noyer finement sculpté, à rosaces et fenestrages, par *Terral*, surmontée d'un dôme à clochetons et munie de deux portes à ferrures; elle pose sur colonnettes. Style gothique.

231 — Console en bois sculpté, à guirlandes et nœuds de rubans, posant sur deux pieds cambrés à entrejambes-vase; dessus en marbre rouge veiné. Époque Louis XVI. (*Redorée.*)

232 — Sellette octogonale en noyer, à quatre colonnes. Style gothique.

233 — Support d'applique en chêne sculpté, forme niche. Style gothique.

234 — Table de salon en marqueterie de cuivre sur écaille, genre Boulle ; elle est ceinturée de godrons et ornée de mascarons et de cariatides en bronze. (*Reciselés.*)

235 — Meuble d'entre-deux assorti, couvert d'un marbre noir et ouvrant à deux portes.

236 — Table rectangulaire en chêne sculpté, à trois tiroirs, ouvrant par serrures secrètes ; les montants latéraux ajourés sont réunis par une traverse à barreaux. Style gothique.

237 — Petite table carrée en bois sculpté et doré, par *Terral ;* elle pose sur pieds cambrés à entrejambes et est couvert d'un marbre blanc. Style Régence.

238 — Table de nuit en marqueterie de bois de placage, à rinceaux et couronne, ornée de bronzes ciselés ; elle pose sur pieds cintrés. Style Louis XV.

239 — Petite table à thé en bois de couleur. *Maison Kirby.*

240 — Table en acajou, à bordure marquetée. *Maison Sormani.*

241 — Grand lit de milieu en noyer finement sculpté,
à feuillages et rocailles, par *Terral ;* il est foncé
de canne. Style Louis XV.

242 — Deux berceaux bretons en bois naturel sculpté
et ajouré, à rosaces et barreaux.

243 — Cheminée monumentale en chêne sculpté, par
Terral. Elle est ornée de figurines sur des
colonnes, fleurs de lys, ceinture de feuillages,
serviettes, etc.; la partie supérieure est garnie
d'une toile peinte, présentant une allégorie aux
Beaux-Arts. Style gothique.

244 — Porte-manteaux en bois peint vert, avec appliques de cuivre et glace au centre.

245 — Paravent, à trois feuilles garnies de soierie
brochée et d'une glace. Style Louis XV.

246 — Régulateur en marqueterie de cuivre, genre
Boulle, représentant des personnages dansant
parmi des rinceaux ; ornements en bronze ciselé
à mascarons, feuillage et volutes ; il est dominé
d'une figure du Temps et pose par pieds-griffes
sur un socle rectangulaire en marbre noir.

247 — Pupitre à musique en bois sculpté et ajouré.

248 — Casier à musique en bois laqué vert, formant
armoire vitrée à la partie supérieure et munie
d'une tirette-pupitre.

249 — Piano à queue, de *Pleyel*.

250 — Stalle en noyer sculpté, couverte d'un dais voussuré ; elle forme coffre et les accotoirs sont ornés d'animaux fantastiques. Style gothique.

251 — Stalle à une place, en chêne sculpté à serviettes, ogives, clochetons et rosaces. Style gothique.

252 — Grand canapé de milieu, de forme triangulaire, à bras-chimères et muni de coffres ; il est couvert de coussins mobiles en velours frappé.

253 — Deux fauteuils et deux chaises entièrement couverts de damas rouge.

254 — Quatre chaises pliantes, de modèles différents, en noyer, à dossiers ajourés et cintrés. Style gothique.

255 — Quatre escabeaux, à dossiers arrondis, ornés de chimères.

256 — Autre, à dossier plat, muni d'un coussin mobile en peluche.

TAPISSERIES

TAPIS D'ORIENT, TENTURES

ÉTOFFES

257 — Deux tapisseries d'Aubusson, de la série dite
« à la Licorne », présentant des personnages
sur un terre-plein fleuri, se détachant sur fond
rouge semé de fleurettes et d'animaux; encadrement à petits godrons en grisaille. Style
gothique. *Maison Braquenié.*

Haut., 2 m. 45 cent.; larg., 1 m. 65 cent.

258 — Grand panneau et deux portières en tapisseries d'Aubusson, à personnages superposés et
animaux parmi des arbres fleuris, sur fond
« tête de nègre ». Style gothique. *Maison Braquenié.*

Haut., 2 m. 70 cent.; larg., 1 m. 14 cent.; 1 m. 20 cent.; 1 m. 80 cent

259 — Feuille d'écran et petite cantonnière en tapisserie d'Aubusson, à volatiles, sur fond fleuri
et contrefond marron, assortis aux dessus de
sièges de la salle à manger n° 218. *Maison Braquenié.*

260 — Deux grandes cantonnières assorties.

261 — Grand tapis d'Agra, présentant une succession de motifs fleuris sur fond bleu-clair; encadrement gros-bleu entre deux bandes rouges.

Long., 5 m. 75 cent.; larg., 4 m. 50 cent.

262 — Tapis persan, à fleurettes rouges, sur fond gros-bleu, dans un triple cadre en rouge et blanc.

Long., 2 m. 37 cent.; larg., 2 m. 06 cent.

263 — Tapis persan, à rang de motifs réguliers, sur fond bleu, dans un encadrement blanc.

Long., 2 m. 12 cent.; larg., 1 m. 15 cent.

264 — Carpette persane, à bandes régulières, dans un encadrement rouge.

Long., 2 m. 20 cent.; larg., 1 m. 60 cent.

265 — Petit tapis persan, à dessins réguliers, sur fond bleu, et encadré d'une bande blanche.

Haut., 1 m. 80 cent.; larg., 1 mètre.

266 — Petite carpette persane, à losanges, sur fond bleu et encadrement vieux rose.

Long., 1 m. 45 cent.; larg., 1 m. 02 cent.

267 — Carpette d'Orient, à fond vert, avec bordure multicolore.

Long., 1 m. 90 cent.; larg., 1 m. 23 cent.

268 — Trois petits panneaux persans, à broderie d'or et d'argent sur velours gros bleu, présentant des volatiles parmi des fleurs.

269 — Gilet Louis XV en soie brodée, à fleurettes.

270 — Dessus de cheminée en soie Louis XVI brochée, à fleurs et rayures.

271 — Paire de rideaux en soie brochée, à fleurs et rinceaux, sur fond beige, avec lambrequin en peluche verte.

272 — Deux grands rideaux en satin chaudron, avec lambrequin en velours de Gênes réappliqué, assortis au mobilier de salon n° 220.

273 — Deux portières en ancienne soie brochée, à fleurs et feuillage, sur fond vieux rose ; bordure en peluche verte sur trois côtés.

274 à 277 — Lot de rideaux en satin, soie brochée, velours, etc. (Sera divisé.)

278 — Revêtement mural de chambre, en velours frappé, à rayures rouges et jaunes.

279 — Deux grands coussins, couverts d'ancienne soierie.

280-281 — Lot d'anciens costumes bretons. (Sera divisé.)

282 — Objets omis.